I0581128

INTRODUCTION

This is a collection of light hearted jokes that have floated around mainly amongst Zimbabweans in recent years. They are all in good taste and meant to uplift spirits and rejuvenate you as you go about daily chores. Like most of the history and culture about Zimbabwean society, left undocumented they simply literally dissipate into thin cigarette smoke style.

But I saw more than just mere jokes in them. Like folk stories (and indeed some of them are like miniature stories) from our culture and social commentaries, the jokes mirror the society from which they derive. All over the world Zimbabweans are known as a people who have been bruised and battered over a long period of time. The jokes and reflections contained here exhibit a sharply intelligent and creative people, and also a people who are peaceful and who always look on the bright side of things. Questions have been asked why such a creative and intelligent people have consistently failed to find the rhythm to truly free themselves and succeed in their own country? These community jokes are more than mere banter. They are a form of coping mechanism, a diversion, an opium, an expression of inner helplessness amongst Zimbabweans (Zimbos or Zimbas as they are colloquially known) as they face what they see as an albatross of a governance system which offers them little hope in their generation. And even possibly the next.

I hope that this short collection will capture and help preserve some of the traits of the Zimbabwean people as a happy, and sharp witted people: just how I would like to remember my people.

The collection is in two languages: the vernacular Shona and English language with the content in each different to the other.

Book design by Daniel Mutendi

Main Cover Image by Jacob Machingauta

Front and back cover designs by Daniel Mutendi

DEDICATION

To the people of Zimbabwe my kith and kin. Where some of the most gifted hands, hearts and minds on the planet have been birthed. And where hope and meaningful expectations for man remain an ever distant mirage.

CONTENTS

ENGLISH

One day a florist went to a barber for a haircut. After the haircut, heasked about his bill, and the barber replied, 'I cannot accept money from you, I'm doing community service this week.' The florist was pleased and left the shop. When the barber went to open his shop the next morning, there was a *'thank you'* card and a dozen roses waiting for him at his door.

Later, a policeman comes in for a haircut, and when he tries to pay his bill, the barber again replied, 'I cannot accept money from you, I'm doing community service this week.' The policeman was happy and left the shop. The next morning when the barber went to open up, there was a *'thank you'* card and a dozen doughnuts waiting for him at his door. Then a Member of Parliament came in for a haircut, and when he went to pay his bill, the barber again replied, 'I cannot accept money from you. I'm doing community service this week.' The Member of Parliament was very happy and left the shop. The next morning, when the barber went to open up, a dozen Members of Parliament lined up waiting for a free haircut. That, my friends, illustrates the fundamental difference between the citizens of a country and the politicians who run it.

****

The funniest cycle in life....
mouse is afraid of cat;
cat is afraid of dog;
dog is afraid of man;
man is afraid of his wife;
wife afraid of mouse.

****

Special get together party for all my friends
All drinks and food are free and plenty
Date :-   1st July, 2022
Time:-   17h00
Dress code: Smart casual.
Venue:-   世界上有太多的人在挨饿。
Make sure you don't miss it.

****

I went to the liquor store yesterday on my bicycle, bought a bottle of whisky and put it in the bicycle basket. As I was about to leave, I thought to myself that if I fell off the bicycle, the bottle would break. So I drank all the whisky before I cycled home. In the end it turned out to be a very good decision because I fell off my bicycle seven times on the way home. Imagine what would have happened to the bottle!.... Wisdom will kill me one day.....

****

I need your advice. How many hours should I allow my friend to mourn his stolen phone before l ask him to give me his charger and headphones?

The publicly owned Grain Marketing Board (GMB) is buying Maize at $390 per tonne. GMB is also selling Maize at $250 per tonne. So if you go there and buy a tonne and sell it back you will gain $140. Or, more easily, you just tell them that you want to buy and sell back, they will pay you $140 to save time and resources. Let me hear you again moan that there are no economic opportunities here in Zimbabwe!

****

Did you know?...
If you send to a girl some cash for transport to come to meet you but she decides not come over and does not refund that money...You can refer to *Section 492(i) of the Criminal Procedure Act* and file a case of theft under false pretences, and she can be jailed for up to 7 years?

****

What's the difference between stress, tension and panic?_
Stress is when wife is pregnant;
Tension is when girlfriend is pregnant;
Panic is when both are pregnant!

****

A bookseller conducting a market survey asked a woman;_
"Which book has helped you most in your life?"
The woman replied, "My husband's cheque book!"
A prospective husband in the same book store: Do you have a book called, *Husband the Master of the House?*
Sales Girl: "Sir, Fiction and Comics are on the 1st floor, sir"

Someone asked an old man: "Even after 70 years, you still call your wife Darling, Honey, Love. What's the secret?"
*__Old man:__ I forgot her name and I'm scared to ask her!

****

Two little boys stole a big bag of oranges from a neighbour & decided to go to a quiet place to share the lot equally.
One of them suggested the nearby cemetery.
As they were jumping over the gate to enter the cemetery, two oranges fell out of the big bag but they didn't bother to pick them since they had enough in the bag.
A few minutes later, a drunkard on his way from a bar, passed near the cemetery gate & heard a voice saying: "One For Me, One For You, One For Me, One For You....."
He immediately sobered up & ran as fast as he could to a Church nearby, for the priest......................
"Father, please come with me. Come & witness God & satan sharing corpses at the cemetery"......They both ran back to the cemetery gate & the voice continued: "One For Me, One For You, One For Me, One For You'............
Suddenly, the voice stopped counting & said:
"What About The Two At The Gate?"...........
You should have seen the marathon sprint!.........
The priest almost ran pass the church gate shouting: "We Are Not Dead Yet oohh!!!".

****

Good evening folks.
Please be sensitive to some of us as I had to give someone my phone to delete the photos of the snake you have been forwarding. I am still scared even to touch my own phone.

I have this naughty big madhara whom whenever he is stopped at a road block he quickly points out "Mfana, I am retired Major General Mudiwa". Usually he gets away with it. Last week however he wasn't so lucky and was arrested for impersonating a public officer. He was summoned to court today and I had to go to give him moral support. He came late into the courtroom wearing a Salvation Army uniform and I instantly knew his line of defence. It was the shortest court case I have ever witnessed which left the court including the Judge in stitches. The only embarrassed figure was the solitary figure of the arresting policeman.

****

"Hi all, no hard feelings please, but due to some issues, I'm leaving this group. I know this is family but some things are hard to explain. I just feel that I don't belong here, and some of the things said here are totally against what I believe in. You all have my contact number and will be in my heart always. Thanks for everything. I take nothing but good memories from here. Love you all. Will try to meet whenever it's possible to meet... " Said a man when he was leaving an alcohol rehabilitation group.. as for me, sorry I'm here to stay, in case you thought I was leaving this WhatsApp group.

A man and his nagging wife were on holiday in Jerusalem, when the wife suddenly died. The funeral company told the man that it would cost $45 000 to ship her home or $500 to bury her in Jerusalem. The husband said, "Ship her home." Shocked, the undertaker asked, "But sir, why don't you bury her in the Holy Land and save the money?" To which the husband replied, "A long time ago, a man was buried here and 3 days later, he rose from the dead….I

11

can't take the risk! If she wakes up, it will be trouble all over again for me."

****

TEACHER: Our topic for today is Photosynthesis.
TEACHER: What is photosynthesis class?
Brenda: Sir, photosynthesis is our topic for today.
TEACHER: How can we keep our school clean?
Ruramai: Sir, by staying at home.
TEACHER: What do you call mosquitoes in your language?
Nomsa: Sir, we don't call them, they come on their own.
TEACHER: What type of coffee do we export in Kenya?
Naison: Sir, Coffee Olomide.
TEACHER: Name the nation people dislike the most.
Inno: Sir, exami-nation.
TEACHER: One day our country will be corruption free. What tense is that??
Clever: Sir, future impossible tense.
TEACHER: John is climbing a tree to pick some mangoes. Begin the sentence with Mangoes.
Matt: Mangoes, John is coming to pick you.

I love this class, I am going back to primary school and easy pick mangoes after school. The good old days.
It is our duty as future parents to drink all the beers in bars so that our kids will find empty bars. Let's create a beer free generation. It begins with you.

****

12

A woman dies. In heaven she sees a large wall full of clocks. She asks an angel: "What are these for?" Angel answers: "These are Lie Clocks, every person has a lie clock! Whenever you lie on earth, the clock moves." The woman points towards a clock and asks: Whose clock is this? ... Angel says: It's Mother Teresa's. It never moved, showing that she never told a lie. The woman asks "Where are the clocks of our fellow Zimbabweans?" The angel replies, "We use them as office fans and some are out there generating electricity!"

****

UNIVERSITY OF MARRIAGE FINAL YEAR MATHS EXAMS*
Time: *3Hrs 30MINS*
INSTRUCTIONS:
1 *ATTEMPT ALL QUESTIONS*
2 *ALL QUESTIONS CARRY EQUAL MARKS*

1. You are a married man and you have dated somebody's wife for two years, busy spending on her like there is no tomorrow. Eventually she dumps you and concentrates on her innocent husband. Calculate the percentage of time wasted. *[20 marks]*

2. You bought a phone for your friend's wife and she gave it to her husband. Using trigonometric identities, derive a general formula for this type of love. *[20 marks]*

*3. For Men only. You're dating around 15 ladies and every lady is demanding for a Samsung Galaxy and the latest iPhone model.
(a) Plot a graph of de-toothers against prices of phones. *[15marks]*

(b) Use your graph to estimate your future poverty. *[5marks]*
(c) Plot the percentage shame against volume of apologies to your family members. *[5 marks]*

4. You are WhatsApping and Facebooking other people's wives yet you don't want to see your wife on the social network. Calculate the percentage error in your thinking capacity. *[20 marks]*

5. You are a civil servant and your wife is a petty trader. Your combined household income is less than S1,000. Your daughter who is awaiting GCSCE* results is using iPhones and Samsung Galaxy phones worth $700 each. Calculate the percentage of your parental negligence. *[20 marks]*

6. You can't give your wife $10 for a lunch, but you spend over $50 in bars and restaurant regularly. Calculate the radius of your stupidity, take $\pi=3.142$ approximately *[20 marks]*

7.* You have been praying for years but your name is not in the book of LIFE because of the secret sin. Calculate the years you will spend in HELL? [30 marks]

END OF SECTION A. BEST OF LUCK!

SECTION B: Theory.

In one word give 5 reasons why it is difficult for ladies to propose to gentlemen.

Your time starts now. But remember to share these with all your friends because the question papers are not enough to go round.

****

A handsome man went into a hotel and asked to see the boss. When the boss came, the story began.
-Client: Is room 39 available?
-Boss: Yes, sir it is available.
-Client: Can I book it please?
-Boss: Of course you can, sir.
-Client: Thank you.
Before going to the room, the client asked the boss to provide him with a black knife, a white thread 39 cm and an orange weighing 73g.

The boss agreed though he was surprized at the weird things the client asked for. The client went into his room, and he didn't ask for food or anything else. Unfortunately for the boss, his own room was next to room 39. After midnight, the boss heard strange voices and noise in that client's room. Voices of wild animals and of utensils and dishes being thrown on the floor. The boss didn't sleep at all that night. He kept thinking and wondering what might be the source of the noise. In the morning, when the client handed the keys back to the boss, the latter asked to see the room first. He went to the room and found everything alright. Nothing unusual. He even found the thread, the black knife and the orange on the table.

The client paid the bill and gave the bellboys a very good tip and left the hotel smiling. The boss was in a shock but he didn't reveal what he heard to the bellboys. In fact, he

15

started to doubt himself if he had heard anything at all. After one year, the client showed up again. He asked to see the boss again. The boss was puzzled. The client asked the same things again: room 39, black knife, white thread 39cm and this time an orange weighing 79g. This time, the boss wanted to know the truth by all means possible. He spent a sleepless night, waiting for something to happen. After midnight, the same voices and noises started, this time louder and more indecipherable than the year before. Again, before leaving, the client paid his bill and left a large tip on the table for the bellboys. The smile didn't leave his face. The boss started searching for the meaning of everything the client asked to have. Why did he always ask for room 39? Why the white thread? Why the black knife? Why the orange? In fact, the boss didn't arrive at any convincing answer to all these questions. The boss now was eagerly waiting for the month of March, the month in which the client always showed up. To his surprise, on the first day of March, the client showed up. He asked the same questions. He wanted to book the same room, wanted to have the same things as before. The boss again heard the same noises, this time more louder than before. In the morning, when the client was leaving the hotel, the boss apologized politely to the client and asked to know the secret behind the noises in the room. "If I tell you the secret, do you promise to never reveal it to anyone else?"
"I promise I will never let anyone know."
"Swear?"
"I swear I won't reveal your secret."
So finally, the client revealed his secret to the boss.

Unfortunately, the boss was a sincere person. Up till now he has not revealed the secret to anyone. When he does, I will let you know. For now I do not know either....watch this space.

****

Husband: Honey I will buy a new mattress on my way home. The one we are using is no longer comfortable.
Wife: That's my Love ! But wait o, where will you get the money?
Husband: I heard that Gez will pay our arrears today.
Wife: I always knew that man will keep his word. Please darling, don't forget the wristwatch you promised me o.
Husband: With all pleasure my love.
5 hours later, the man arrived home in his car. Pin... Pin... Pin he blared his horn. The woman runs out to meet her husband.
Wife: Honey welcome (collecting her husband's briefcase, leading him into their sitting room).
Husband: You are always wonderful.
Wife: Where is the mattress and my wristwatch?
Husband: Which mattress ? I beg you give me food. I never saw the man, the thing was just a rumour.
The woman broke down weeping profusely.
Wife: Honey please forgive me......huuu huuu .
Husband: (losing his patience) Dear what's all this now, what happened?
Wife: Honey please forgive me oooooo..... I I I I...
Husband: *(perceiving some odour, and looking out of the window).* What's smelling like this, where is this smoke coming from?
Wife: *(still weeping)* Huuu, I have burnt our mattress, I thought you would buy a new one truly, you know it is no longer good.

17

Husband: *(furious, with a changed face)*. What! You did what? You must be joking. "Oh my grandfather buried behind the ant hill!". You will go back to your father's house today if this is true. You burnt the $5000 my contribution money I hid in the mattress for us to roof our house!"

Wife: What! You mean you had such huge amount in this house and you didn't tell me ?

Husband: If I get you today, I will show you who I am. *(The husband ran to the backyard where the smoke was coming from. Seeing the ashes of the burnt mattress, he fainted.)*

****

Mental Aptitude Test
 Pretty Amazing

The following was developed as a mental age assessment by the School of Psychiatry, at Comet Pluto University.
Take your time and see if you can read each line aloud without a mistake.
The average person over 58 years of age cannot do it!

1. This is this cat.
2. This is is cat.
3. This is how cat.
4. This is to cat.
5. This is keep cat.
6. This is an cat.
7. This is old cat.
8. This is fool cat.
9. This is busy cat.
10. This is for cat.

11. This is forty cat.
12. This is seconds cat.

Now go back and read the third word in each line from the top down, and I bet you, cannot resist passing it on.

****

After 21 years of marriage, my wife wanted me to take another woman out to dinner and a movie. She said I Love You but I know this other woman loves you too and would love to spend some time with you. The other woman that my wife wanted me to take out was my MOTHER who has been a widow for 19 years, but the demands of my work and my three children had made it possible to visit her only occasionally. That night I called to invite her to go out for dinner and a movie. 'What's wrong, are you well,' she asked? My mother is the type of woman who suspects that a late night call or a surprise invitation is a sign of bad news. 'I thought that it would be pleasant to be with you.' I responded. 'Just the two of us.' She thought about it for a moment, and then said, 'I would like that very much.' That Friday after work, as I drove over to pick her up I was a bit nervous. When I arrived at her house, I noticed that she too seemed to be nervous about our date. She waited in the door with her shawl on. She had set her hair and was wearing the dress that she had worn to celebrate her last Wedding Anniversary. She smiled from a face that was as radiant as an angel's. 'I told my friends that I was going to go out with my son, and they were impressed,' she said, as she got into the car. 'They can't wait to hear about our meeting'. We went to a restaurant that, although not elegant, was very nice and cosy. My mother took my arm as if she were the First Lady. After we sat down, I had to read the menu. Large Print; half way through the entries, I lifted my eyes and saw mum sitting there staring at me. A nostalgic smile was on her lips. 'It was I who used to have to read the menu when you were young,' She said. 'Then it's time that you relax and let me return the favour,' I responded. During the dinner, we had an agreeable conversation, nothing extra-ordinary, but catching up on recent events of each other's lives.

We talked so much that we missed the movie. As we arrived at her house later, she said, 'I'll go out with you again, but only if you let me invite you.' I agreed. 'How was your dinner date?' asked my wife when I got home. 'Very nice. Much more so than I could have imagined,' I answered. A few days later, my mother died of a massive heart attack. It happened so suddenly that I didn't have time to do anything for her. Sometime later, I received an envelope with a copy of a restaurant receipt from the same place mother and I had dined. An attached note said: 'I paid this bill in advance. I wasn't sure that I would still be there. But nevertheless, I paid for two plates one for you and the other for your wife.

You will never know what that night meant to me.
I love you my son.'

At that moment, I understood the importance of saying in time: 'I LOVE YOU!' and to give our loved ones the time that they deserve.

Nothing in life is more important than parents, your family and friends.

Give them the time they deserve, because these things
cannot be put off till 'some other time.'
Pass this msg on...to a child, to an adult, to a parent, to a
friend, to your mate or someone you care for. ☺

****

Your Liver is enlarged
Patient: Does that mean it has space for more whisky ?
(This is called "Positive Thinking")

A Man wrote to the bank. "My Cheque was returned with
remark 'Insufficient funds'. I want to know whether it
refers to me or the Bank".
(This is self confidence in its peak)

This one is a *classic* !!
A cockroach's last words to a man who wanted to kill it :
"Go ahead and kill me, you coward. You're just jealous
because I can scare your wife and you can't..!!!!"

I'm still struggling to find out what's the use of the last 4
letters from the word *"Queue"*

*A son argued with his father insisting that 1 + 1 was equal
to 11.*
*The father looked at the son and said: "Go and buy 2
boiled eggs, the son went and returned with the two eggs.*
*The father said, give one to me and another to your
brother,*
And the son asks: What about mine?
*The father responds: Eat the nine eggs that are left ...
nonsense!*

****

One day, some people in East Berlin took a truck load of garbage and dumped it on the West Berlin side. The people of West Berlin could have done the same thing, but they didn't.

Instead they took a truck load of canned goods, bread, milk and other provisions, and neatly stacked it on the East Berlin side. On top of this stack they placed the sign: *"EACH GIVES WHAT HE HAS"*

****

A man and a woman were traveling on a train.
Woman : Every time you smile, I feel like inviting you to my place.
Man : Awwww. . .. Are you single ?
Woman : No, I am a Dentist....

****

One day some friends dropped in on a couple without warning for a cup of tea. The wife pulled the husband aside & said, "There's no sugar in the house, how can I serve the tea?" The husband winked at her & said, "Make tea without sugar for all, leave the rest to me." As soon as the tea was served the husband says to the guests, "Let's play a game of chance. One cup of tea has no sugar, whoever gets it will take us all for dinner tonight."
The result?
All guests claimed they had never tasted such sweet tea!
Usadherere zvinoita kuomera (misers unlimited!) ....

One guy told his child that a man mustn't talk much.
Leave the talking to the women.
And the child asked his father but why judges, magistrates
and priests talk too much? And the father's replied that was
the reason why they were always wearing a dress!

****

Wages
Footballer - 1week - $300,000
Graduate - 100years - $300,000
Gameboy - 4mnths - $300,000
Teacher - 500years - $300,000
Networker - 6mnths - $300,000
Drug Dealer - 2days - $300,000
Politician - 24hrs - $300,000
Armed Robber - 10mins - $300,000
I have made my Choice
Don't Ask Me what I Chose .
Make your own choice.
I want to contest for the Admin post of this group in the
upcoming Election
 my 3 point Agenda
 1) I promise to bring Electricity into the group so that our
phones won't be off due to low battery charge.
 2) I will be sending $1 airtime to each and every member
of this group, to make you guys stay online steadily
 3) I promise to build a School 🏫 in the group, for those
that cannot write correct English grammar 😸 😸

****

STEALING IS BAD, STOP IT:A hungry thief broke into a private building, went to a separate store room & found a bowl of shredded dried meat....he tasted a piece and enjoyed it, as it was tender and salty. So he sat down and ate as much as he could....After having finished all the biltong he looked upwards on the door & saw the writing 'CIRCUMCISION ROOM'

****

Witchcraft is when your girlfriend starts to argue with a bouncer at a night club and ends up saying, *My boyfriend is not afraid of you.

This question got to me this morning and I am looking for someone to help unravel the answer. If you have a bit of time please answer me. Why Noah built the Ark in 40 days, why the rain/storm lasted for 40days, Why the Israelites walked through the desert for 40 years , why the tower of Babelbel was built in 40 days, Why Jesus Christ fasted for 40 days and 40 nights, and He ascended to heaven 40 days afterf the Resurrection. Why Easter is celebrated after 40 days. And they say Life begins at 40. And they also say "A fool @ 40 is a fool forever".
 Of all, why Zanu PF was destroyed by G40
What's so special about 40?
If you don't have an answer, please send to others so we might get an answer?

****

KANYAYA KANDITENDEUTSA AKA

MY MUM IS SICK
He called his friend;
And told him: "I'm in need of money, my Mom is sick and
I have no money for her treatment."
His friend said: " Alright my dear friend, just call me later
after Devotion."
He called him but his phone was switched off.
He kept calling over and over again, until he got tired.
And went to search for another friend who can help him
with the treatment fee.
But he couldn't find anyone who can help.
He returned home and found a bag of medications near
his mother's pillow and she was sleeping.
He asked his brother, the brother told him: "your friend
came and collected the prescriptions and brought these
medicines, he just went out not long ago".
He smiled and with tears in his eyes he went out to look for
his friend, and when he found him; he asked him : "where
have you been, I have been calling you since but your
phone was switched off..?"
The friend replied: "I sold my phone and bought the
medications for your mom"

****

HUSBAND: *Honey let's play a game*
WIFE: *Okay. What's the game about?*
HUSBAND: *If I mention a country, you run to the left
side of the room and touch the wall & if I mention a bird,
you run to the right side of the room and touch the wall. If

you run to the wrong direction, you'll give me all your salary for this month*
WIFE: *Okay! And if you fail in your turn, I'll have your salary too right?*
HUSBAND: (smiles😄) *Yes darling!*
WIFE: *Okay* (stands up ready to run in any direction)
HUSBAND: *Are you ready*
WIFE: *Yes ready*
HUSBAND: *TURKEY*
*It has been 4 HOURS now...
The wife is still standing at the spot wondering if he meant the country or the bird

****

Teacher: What do you do after school?
1st Student: I go and buy weed from Yakobo
2nd Student: I always go and buy cigarettes from Yakobo.
3rd Student: I go and buy cocaine from Yakobo.
4th Student: I always stay at home and do my homework.
Teacher: You are a great student, I hereby appoint you as the class monitor. You are a good example to other students. What's your name?
4th Student: Yakobo
Teacher: Satan!
ALL THAT GLITTERS IS NOT GOLD

****

Hey guyz....anyone with those long messages which when you forward to ten people you are blessed in life...kindly send me one to forward...life is really hard this January. I need to be blessed

Very Funny ... If you are asked to get married at the age of the last two digits of your phone number, At what age will you marry? Don't spoil the show send it to your friends and see funny reply . But answer me first........

****

A father buys a lie detector robot that slapped people when they lied. He decides to test it out at dinner one night.
At the table, he asks his son what he did that afternoon.
The son says, "I did some schoolwork." The robot slaps the son. The son says, "Ok, Ok. I was at a friend's house watching movies."
Dad asks, "What movie did you watch?" Son says, "Toy Story." The robot slaps the son. Son says, "Ok, Ok, we were watching "dirty stuff".
Dad says,"What? At your age I didn't even know what "dirty stuff" was." The robot slaps the father.
 Mom laughs and says,"After all, he is your son." The robot slaps the mother.
Robot is now for sale.

****

The beauty of a day is not because something favourable happened to you, but the beauty of it is when you wake up and know that there is LIFE in you. So don't focus on your challenges, disappointments and what you lack in life, but give thanks to God for the gift of life. You were born to succeed.
GOOD MORNING..

****

You will Laugh - enjoy reading

Five facts about You You You You You You You You You You You You You You You You You You You You You You You You You You You You You You You You You You You You You You You You You You You You You You You You You You You You You You You You You You You You You You You You You

1. You're so lazy You didn't read all the You's.
2. You didn't notice I put a Yoo.
3. You are now looking to find out.
4. You are laughing because you realise there is no 'Yoo' and you've been tricked.
5.You are going to
forward this to others who are like *'YOU'!😜😜*
I know at least 13 things about you now:
1. You are holding your phone
2. You are on WhatsApp
3. You just opened my msg.
4. You are now reading it
5. You are human
7. You can't say the letter "P" without separating your lips
8. You just attempted to do it
9. You are laughing at yourself
10. You have smiles on your face
11. You skipped No.6
12. You just checked to see if there is a No.6
13. You are laughing at this because I caught you out again ...
Hahaha is it true? 😄😜😄

****

No man can ever be satisfied with 4 things in life:
    (1) Mobile
    (2) Automobile
    (3) TV
    (4) ****
Because, there is always a better model in his
neighbourhood

****

Whiskey is a brilliant invention. One double and you start feeling single again.

****

Q - You know why women love shoes?
Ans - Because no matter how much & whatever they eat, the shoes always fits.

****

Powerful quote of the day:
"Sometimes change will not be given to you. You must ask for it." - John Mabharani
Who is John Mabharani? John Mabharani is a bus conductor.
Now read the quote again.

****

Once a Lawyer was travelling by train from Liverpool to Manchester.
When the train started, he realized he was traveling alone in the business class. A few minutes later, a beautiful lady came and sat in the opposite seat!
The lady kept smiling at him and eventually she sat next to him …. the lawyer kept bubbling with Joy. She then leaned towards him and whispered in his ear … "Hand over all your cash, cards and mobile phone to me, else I will shout loudly and tell everybody that you are harassing and misbehaving with me". The Lawyer stared blankly at her!!
🙂 He took out a paper and a pen from his bag and wrote "I am sorry, I cannot hear or speak … Please write on this paper whatever you want to say."
The lady wrote everything that she had said earlier and gave it back to him!
The Lawyer took her note, kept it nicely in his pocket … got up and told her in clear tones …
Now SHOUT & SCREAM!!!

****

The wife checked her husband's phone and found these names:
- The tender one
- the amazing one
- Lady of my dreams
She got angry and called the first number to find out that was his mother. Then she called the second number on which his sister replied . When she dialled the third number her own phone rang !!!!
She cried until her eyes got swollen because she had doubted her innocent husband, so she gave him her whole month's salary to make up for her sin.

Once his mother came to know of the story, she sold all her jewellery and gave him the money. Husband took the money and bought a gift for his girlfriend whose name was saved as "Abu Khalid the electrician"

****

SHONA (and mixture)

Dear Sekuru Jussy
Ndokumbirawo kubvunza. Ndirikuda kuroora asi musikana wangu akatiza chikoro at grade 7. Ndoita sei, ndoroora here? Worried.
Mhinduro: Dear Worried. Usabvunze zvisina maturo. Kana akambotiza chikoro china headmaster nema teacher 20 plus ma class monitor nemaprefects nemagroup leader nemaguard epachikoro ko iwe wega unozomugona?

****

Pane mwana wechikoro asvika pamba pangu achida madonations, hanzi pachikoro parikuda kuvakwa swimming pool. Hameno kana ndagona ndamupa 20 litres dzemvura.

****

Varungu vaiti kana vachida kuenda for a drink pa weekend vaichengetera mari mutumagaba kubvira Muvhuro kusvika Mugovera. Kana mhetavhiki yasvika vaisangana vobva vati "gentlemen cans out, cans out."
Sekuru vako vaakuti kanzatu_kanzatu

****

Varungu vaiti kana vachida kuuraya makonzo vaishandisa chainzi chiKILLING PAN
...Sekuru vako vouya vachikuudza kuti chinonzi CHIKIRIMBANI

Varidzi vesurname kare vainzi MaTitle Gurus... sekuru vako nekuda kunzi vakanyanya vakuti Tateguru.

****

Ndirikuchata musiwa 25 December 2022 so kana usina kunzwa zita rako usauye nekuti hauna kukokwa saka nyatsoterera Zita rako pa audio.

****

Takaita ongororo yekuti vanhukadzi per day vanotaura 800 words, varume 200 words saka ukaona mukadzi wako achipopota stereki anenge achimanyira daily target yake. That's why muchizoona vakadzi vachiti kana vapenga voti ini handichadi kuramba ndichitaura, anenge abata target.

****

Do you know that the company that used to prepare biltong in the 1960s was called Jim Kuyu?
Sekuru vako hameno kuti zvekuti "chimkuyu!
Vakazviwanawo kupi

****

How do I check aSmusunmg kut I original
Kana iine spelling iyoyo itori fake

****

Ukaona usingasangane naSatan mulife yako it means you are going same direction (muri kuwirirana)

 A drunken man entered a butchery & asked the butcher boy.
Drunkard: Huku imarii mfana?
Butcherboy: Tinoisa paScale toona kuti imarii.
Drunkard: Ndiisire full chicken.
Butcherboy went to the fridge & only one full chicken was left. He
picked it up & placed it on the scale.
Butcher boy: Yaita $6 mdhara.
Drunkard: Yaita diki, tsvaga zihombe pane dzese.
Butcher boy took the chicken back & pretended to look for a bigger
chicken to fool the drunkard. He comes back with the same chicken and by
placed it on the scale.
Butcher boy: Zvaita Mdhara chicken iyi yaita $7,50.
Drunkard: Huku dzako idiki mfana. Anyway, chindipa dzose dziri two
Kkkkkkkk truth shall set you free...
God Bless You

****

Quote of the day
Kune vamwe vanhu vanonyepa zvekuti vakakuti maswera sei unotombotanga wabuda panze otarisa kuti zveshuwa ava masikati here

****

Nyangwe uchinamata sei...wakavenga hwahwa.. guva rako richacherwa nezvidhakwa chete....
Ndini ndadaro

Ko kusandiudza kuti Chitupa hachiite kuswiper.
ndamhanyiswa
Ndaona landlord akaisa profile picture yefamily yake
.ndokubva ndati regai ndipe comment NICE PICS
ndokukanganisa ndokunyora ndikati NICE PIGS foni
ndokubva yadzima ndisati ndagadzirisa izvozvi
ndirikutsvaga imba.

****

Wakambogara pane team inonyeya zvekuti unctotya
kusimuka uchitoziva kuti ukabva ndiwe next????
Chakanyanya ichi chibatisise.

****

Muroyi akatendeuka kuchurch akanzi wava chisikwa
chitsva.pakazonzi tipei zvamaishandisa tipise, akavapa
zvimwe zvese ndokuchengeta zizi.ndokunzi namufundisi
'ko zizi tipei tipise'.ndokuti 'ichi chava chisikwa chitsva,
chava chihuta!!

****

Ka life kemuBhaibheri kaingo sparker so, imagine
uchidzoka kumba after 3days wotoudza mukadzi kuti
ndanga ndakamedzwa nehove otobvuma
Ini ndaigara ndakangomedzwa

****

Wife:Daddy pamunobuda weekend munenge muchienda
kupi?
Husband: Fishing sweetheart
Wife: Muramba wenyu wafona wati une nhumbu ...
Moti hausi muedzo here uyu?:

Ndopa munhu bhutsu dzangu kuti asone, papera 1week
ndomuona akadzipfeka ndomubvunza _"woti ndiri paroad
test!!!

****

Ko makandivengerei nhai imi. Makatadza kundiudzawo
kuti chitupa hachiite kuswiper. Ndazomhanyiswa kwaOK.

****

Mbuya nemuzukuru, vanga vanzwa nenzara. Semazuva ese
muzukuru akatora poto ndobva aisa pamoto. Chinguvana
pakabvawo pati vaenzi vatatu pfachaa. Mbuya ndokuti
"muzukuru chinja poto, chiisa yevanhu vashanu." ivo
nemuzukuru nevaenzi vatatu. Sezvinei chizukuru
chakachinja poto. Achingoti poto pamoto vamwe vaenzi
vana pfacha. Mbuya vakasheedzera "chinja poto chiisa
yevanhu vapfumbamwe." Muzukuru akaita saizvozvo.
Sadza rakabikwa ndokuibva.

Pakupakura sadza mundiro makawanikwa mune rinokwana
vanhu vaviri. Muzukuru chaakakwanisa kuita kuchinja
poto chete asingachinji zvemukati.
Mubvunzo woti iwe mutendi hausi kuchinja machurch
here usinga chinji zviri mukati memoyo wako? Hausi
kupedza nyika yose here kutsvaka maporofita iwe moyo
wako wakaoma. Semuzukuru akapedza poto dzese
dzambuya vake achiisa pamoto asi mvura nehupfu haana
kuchinja. Mwari vatibatsire Kuti tichinje zvemukati.

****

Iyi nyaya yandibatabata
Ndiri kubva kunotora report book renyu rezvidzidzo, haa
harina kumbomira zvakanaka:

Maths 15%; Accounts 9%; Facebook 98%; English 15%;
Biology 27% ; Makuhwa 100%; Kunyeya 82%; Whatsapp
99%; Kunamata 1%
Hanzi nateacher wenyu sungayi dzisimbe pachidzidzo
chekupedzisira.

****

Kana tsano vako vari vatsva paWhatsApp unoona
7:30- _typing_...
8:00_ _typing_...
8:30 _typing_...
9:00 _typing_...
Iwe unobva watanga kutya kuti asi madam vaka reporter
kuhama dzavo kani? Tsano vanenge varikunyora mashoko
makukutu!!
Ndoopaunozoona
Na 10:15 :: ndeipu mikiwasha miri seu ne mhuru

****

Kobva abereki vaita PANIC kobva vatenga mafuta
ekubikisa nemari yese kobva vasara vasina mari yenyama
yacho ...kutaura kwatrikuita so vadya sadza ne mafuta...

****

Nhai ma popcorn anobikwa sei, mvura yandaisa
yakutopera asi haasati aputika putika. Isa imwe woiisa
nemadomasi unenge wakutogadzira ma Jiggies
Zvavane chivanhu mukati

Mukomana nemsikana vakananaidza kundotengerana pizza ye$10, ndokuenda zvavo kupark kundodya. Msikana nekunyara kwakungoti idyei idyei kwakuti 'ndaguta' Mkomana ndokutora pizza iya ndokuisa muchibox chayo kwakuiputira neplastic bag kwakundorasa mu bin,ndokubva vasimuka zvavo kwakuperekedza musikana kukombi. Mukomana ndokudzoka akananga kubin. Musikana paakangoonawo kuti mukomana aenda ndokudzika akanangawo kubin kuye. Mukomana achiburitsa musoro mubin akaona musikana ziya richierera apa shangu dziri mumaoko. Kufunga kwako akanyanya kunyara ndeupi?

****

Mukanzwawo arikutengesa ndege second hand pliz inbox. thanks```

****

Mumwe murume akaenda kun'anga akati ndoda mushonga wekutyiwa. Akapiwa mushonga wacho. Asvika kumba akaona huku ne mbudzi zvichitiza akabva agutsikana. Achingopinda mumba mukadzi nevana ndokutiza. Akabva adzokera kun'anga, n'anga ndobva yatizawo*.

****

Usadherere madzimai epamusika, ndazoita five minutes ndichizama kusarudza cabbage rakanaka. Zvikanzi nhai mkwasha munoti mungawane rine nyama here? Haaizi rough wo here nhaimi?

****

Wife: Daddy nhasi ndabika favourite food yenyu
Hubby: wakatanga kugona kubika Castle Lite riinhi?

****

Nekupisa uku tikabata mbavha , inoda kupfekedzwa
bomber jacket, headsock, magloves tomuti adziye moto
wematanda tozomupa tea kana achiri mupenyu.

****

Chris Brown, Amara Brown nemukaka wakanzi Ellis
Brown vane hukama here?

****

Mutsauko mukuru pakati pevanhu nemakudo ndewekuti
vanhu vanotamba chikudo asi makudo haatambi chivanhu.

****

Nhai hama munofunga kuti munhu akadiscover sadza
akaita mazuva mangani asina kuudza vamwe achidya ega.
Answer pliz.

****

I think the highest level of disrespect is when you owe me
money & then ndokurota uchindimhanyisa nebhemba
unenge uchiedza kuita sei?!

****

Haaa mota yangu yafa, ndibatsireiwo ndapota......ndiudzeiwoka kuti kana uchipinda mukombi unoita sei, unomhoresa vanhu vese here kana kuti unomhoresa driver chete kana conductor plizz help. I have never done this before. Unongopinda woti Zete zvako wakagara pa seat.

****

Painful memory......
Today marks exactly 3years, 7months, 4days since munhu anotengesa nzungu pamabhazi pa Gokwe centre atiza ne change yangu.

****

Kana pane munhu wamurikuziva arikutengesa Nissan in good condition,iri pick up ichiranger from $3500 to £5000,inemapepa akakwana colour haina basa,ngaatengese hake ini handina mari

****

MaZimba so. Kumhanyira kuona kudhura kwemafuta mushop from $3 to $5 per 2ltr asi kana akuitwa $35 per 250mls naMagaya munotenga munyerere. Chabvawo kunaMadzibaba vapa munhu muteuro wemafuta akati iiih akudhura*

****

Vanhu votye kusungwa vakutaura sign language

****

Ukaona uchiri kunamata uchitaura chirungu hausati wave
ne dambudziko kana zvanyatso pressa kuti
"guard"kunopera wave kuita kuti Mutsvene wamasimba ose
samatenga mununuri jehovha wehondo.........
Ndangotaurawo hangu pliz muchandidii ini nciri kumba
kwangu.

****

Baba: kana musina kuita zvandasiya ndataura pano
hapadyiwe rinopisa nhasi
Mwana: ini ndorova rese nyangwe rakatonhora haisi nyaya

****

Ndashaya kuti sei group nhasi ingori ziii ziiii.
Ndazorangarira zviya kuti ah maGrade 7 arikunyora. Wish
you good luck guys.

****

Munyai: Vana Baba ndokumbirawo kuti titange tanamata
tisati tafambisa nyaya dzedu.
Dare: Namata hako mkwasha
Munyai: Titsinzinyei tinamate... Baba muzita raJesu
Kristu ndauya pamberi penyu. Ichokwadi mari hatina asi
munoti mushoko renyu huyai kwandiri imi makaneta
makaremerwa. Mutoro wekuroora tinounza kwamuri
Tenzi. Ndinodzinga mweya wekukara mari pahama idzi
Mwari. Kunyanya ruchiva rwezvinhu zvenyika ino
ngarubve kunanababa muzita raJesu. Riboskenda ribanda
risken. Lekelelele shababa rikandarisbooo! Mweya
wemadzinza usingadi kuti mwanasikana aroorwe nezita
raJesu cooome oooooout! Taramba mweya wemheremhere
panhaurwa dzino. Mwari wevarombo!! Ndakumbira
nekutenda kuti kana mahara chaiwo mukadzi tinopihwa
pano...
Baba: sataaaan ...... Pakamanyiwa

Daddy: Mukadzi wangu unodadisa, unoda ndikuitirei chaunoda baby?
Madam: Daddy ndoda kti musunge rovambira dhuku.
Daddy: Madam taura zvakareruka zvandinogona kukuitira now coz I'm ready.
Madam: Ok daddy ndipeiwo phone yenyu inoenda pa WhatsApp ne zvese zviri mairi.
Daddy: tora hako dhuku racho tiende mugomo tinotsvaga rovambira.
Chandirutsisa nekuseka ichi

****

EX Girlfriend: eh! why uchindipfuura ukandiona??
ME: -uri Stop Sign here iwewe!? Hakuna rough yakadai

****

Ndaona vamwe blaz vanosona shangu mutown but shangu yavo yanga yakabvaruka mberi kwese yakashama ndikati murikusona shangu dzangu nedzevamwe ko madii kusona dzenyu hanzi kana ndikasona dzangu ndobhadharwa nani ndabva ndasuduruka paari coz ndashaya answer.....kkkk

****

Wife: Bhora ririkubuda paTV here?
Husband: Wanga uchida kuti ribudee muplate yesadza here?
Hezvo !!!!! Amana kana ari ma bond notes akuitisa vanhu hasha kaaa ngaabhanwe.

****

PHONE Call☎📞
Wife: Hello honey mwana ari kuchema
Husband: Arikuchemei
Wife: Arikuchemera Cake tiri muPick-n-Pay
Husband: Ok makamira nechepapi?
Wife: kuside rine maCake honey
Husband: ibvai ikoko muende kuside rine sipoooo

****

Ndakaenda pane imwe chechi hangu kunonzwa shoko raMwari, mumwe munhu akauya akabata bendekete rangu achindizevezera munzeve akati, "nhasi uchafamba". Izvi hazvina kundivhundutsa nokuti ndaiziva kuti handisi chirema. Kuzoti chechi yapera ndopandakabata homwe dzangu wanikwe chikwama chaiva nemari yebhazi hamuchina
Zvechokwadi ndakazofamba, ko munhu ungamudii???

****

Paiva nemumwe mukadzi nemurume wake vaigara vachinetsana coz most of the tym mkadzi aipisa muriwo kna sadza ari pa Facebook,then mface akagaya plan achida kunyatsoziva kuti pa Facebook madam vanenge vachinyatsoitei. Mface akatenga new line ndokuri register nemadetals asiri ake ,then he opened a Facebook account ,apo pa profile pic anga akaisa zi brand new range rover, akabva asendera madam vake friend request vakabva vatongo accepter ipapo ipapo without knowing kuti ndyani ,mface akabva atanga kupfimba babie apo aitosasa yekuti anoshanda Ku SA achitambira R1500 per week pluz ane imba ,babie rakabva rabvuma.vakabva vaplanner kuti month end yacho aida kuti babie riuye joza ,week rekupera

kwemwedzi wacho mkadzi akaita kunge agarwa
ndokushaudha murume zvekuti huya uone zvikanzi 'I'm
sick and tied of you ndakuenda kumba kwedu'
Nechemumoyo achiziva kuti anoda kuenda joza, murume
akambonyengerera byzi mkadzi akajamuka .kupera
kwemwedzi babie raingotaura nemuface pa Facebook
asinga fone zvikanzi nemuface tsvaga mari yekusvika pa
border ndouya ndokutora nejagwa,mai mfana avo pa
mbudzi ndobva vati gonyeti vakananga border ,half 5
vachisvika pa border kunoti 6-7 akuna munhu ndokubva
vati regai ndimbobata mface pa Facebook wanikwe pa
profile pic paiswa face yemurume wavo ...mssge ngrrrri
kupinda "wofamba bho maimwana andaifunga kuti
ungadaro" mkadzi akapererwa ndokuzongoti nditumirewo
mari yekudzokesa kumba titaurirane ,. Uriwe unodiiiwo???

****

Umwe munhu haatotauri mugroup maskati achitya kunzi
haaendi kubasa
Kana usingashandi haushandi
Handisini nadaro

****

Nezuro ndakazoita chivindi chisingaite.Ndakachinja ka
price sticker kenyama ye $7.24 ma TM ndekuisa kaive
panyama ye $3.07 ndikatobudirira nhai..!!!...apawo ndasiya
sahwira hwangu achikwaturwa ;achinja kepa 20kg rice ke
$18.85 kwakuisa kepa royco ye 23c.. kana ndimiwo…

****

Mazvinzwa here kuti zvinhu zvikafamba zvakanaka
mangwana inenge iri Friday

Announcement
Ndiudzireiwo satan asandijairira, ndimi muri pedyo naye

****

Kare varungu vaiti vakaenda kubhawa kunonwa doro
vaisapedza mari yese vaienda neyakawanda vosiya imwe
kubhawa yekusvikonwa mangwana yavaiti bar balance
Sekuru vako ndovakazosvikoti bhabharasi

****

Nhai hama munofunga kuti munhu akadiscover sadza
akaita mazuva mangani asina kuudza vamwe achidya ega.
Answer pliz

****

MASVINGO
Masvingo yakambopara mhosva yei chaizvo. Masvingo
ndokwakatangira huori hwese...kudya mari yecement
kwakuvaka Great Zimbabwe nemabwe bedzi

****

There's this other tropical Asian fruit called Brook mango,
vainyanya kuwanikwa kumaLow residential areas, sekuru
vako hameno zvekuti Bhuru mango vakazviwanepi

****

Mai T: Baba T, mari yange irimumba yaenda kupi?
BabaT: Ah sorry, ndakanganwa kukuudza, ndatumira mai.
Mai T: Ah wavatumira mari yose iye? Mira uone, uchaenda
kubasa netsoka.
Baba T: Ndatumira Mai vako kwete vangu...

Mai T: Ah unotaurazve, handiti kudai wandiudzawo ndawedzera neimwe yandinayo.
Vakadzi futi.....

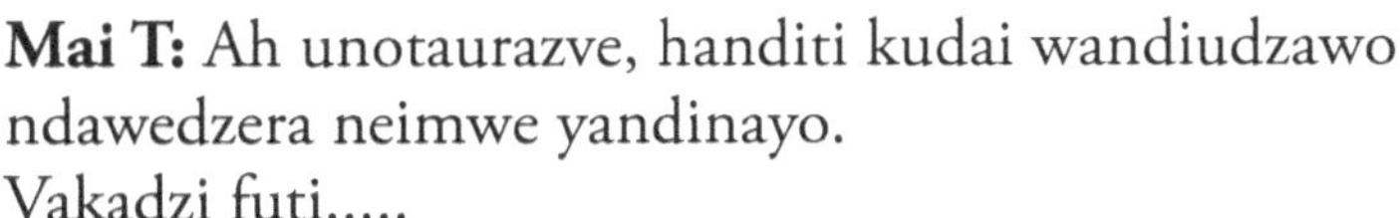

****

Kana uchiudzwa feyafeya either uri fake musande or wakadyiswa chete.
Quote of the day

****

Kune vamwe vanhu vanonyepa zvekuti vakakuti maswera sei unotombotanga wabuda panze otarisa kuti zveshuwa ava masikati here
Chichiri kupisa🌶 chifambisei bhoo

****

Achiri makuseni Nyati musatikuvadze nekuseka zvedu zvinotoda rave zivarovira ndine greenbottle quenching my thirst.

****

Kana ukaona wadzingwa kumba, usaite nharo nababa na amai. Iwe chingokwira bhazi woenda kuSouth Africa...Paunodzoka ikoko I tell you unouya uchiita mukuru mumba. Bvunza Mnangagwa zvee kana uchiti ndiri kunyepa?*
Uku kusvotesa chaiko

****

Ko ndazofenda ku church..........Pakatanga kuimbwa rwiyo basket rezvipo
 rakufamba ndabudisawo $1 ndikakanda mubasket.
Murume anga ariparutivi pangu andikwenya ndokunditambidza $100 ndikati zvimwe anoda kuisirwa

mubasket nekudaro ndaikanda ndikatoenderera hangu
mberi nekuimba. Ndazonzwa ondikwenya futi zvikanzi
mari yandakupai yadonha muhomwe menyu... ...

****

Murume kusvikirwa ne vanhu ve Zanu PF achinyoranyora
pamadziro kuti MDC
ZANU PF: Murume uri kuitei?
Murume: Ndiri kunyora zwebasa rangu
ZANU PF: Basa rako?
Murume: Ehe
ZANU PF: Basa rako ndereyi? Murume. Rekutengesa
matemba.
ZANU PF: Saka uku nyorereyi pakati MDC?
MURUME: MDC zvoreva kuti Matemba Dollar Cup!
Chakanyanya ichi
Kkkkkkkkkkkkkkkk
'Toti... Pullooooooooooo

****

Dear Admin
Ndarwara ndirikuno kuhospital ma nurse anga aronga kut
ndipihwe mubhedha saka ndazovati mubhedha ndinawo
ndipei zvenyu wardrope. Saka
zvinenge zvaita ndirikunzwa varikungotaura izvozvi hanzi
ward ward kudii woye, kureva kuti iwardrop yavarikutaura
nezvayo ndofunga. mozonditumirawo chingoro
chekuitakurisa
choda tauro nyoro chirikupisa

****

Blaz akatumwa nehuku kuendesa pamwe pamba kuMbare, ari munzira huku yakapunyuka iye kwava kutanga kuseka huku ichitiza, mumwe mukomana akabvunza "ko mudhara munosekei muchisiya huku ichienda" zvikanzi "ini ndini ndapihwa address siya iite dzungu icharasika"

****

Unosara uri pama1 chopisa ichi. Mumwe mudhara akati orwara, akadana vanakomana vake vaviri, ndokuti kwavari, vanangu ndarwara, kana ndafa muputse imba kusvika pafoundation muvhukunure muchaona briefcase inemari. Mari iyoyo mazoishandisa kuti mugone kurarama hupenyu hwakanaka. Vana vafara nechomumoyo vachiti dai Mudhara achifa. Baba vaya vakazofa zvavo, vana ndokudhirisa imba iya , ndokuona briefcase zveshuwa, vakaivhura ndokuwana munebepa rakanzi dzidzai kuvaka dzimba dzenyu yangu ndofa nayo.

****

It was Sunday and the wife was singing
Husband: maimwana
Wife: hello
Husband: kamuimbiro kenyu dai zvenyu muchitoimba pa radio
Wife: kkkkkk matanga baamwana
Husband: Aaaa kwazvo
Wife: Asi ndoimba zvinodakadza kani?
Husband: No asikuti paradio ndokwanisa kuchinja channel.
Uuuu ma1.
Ichi chinoda kupihwa Ruzhinji chekenyenye.

****

Pane muporofita anonzi Menard Gotora amutsa vanhu 2 paChivhu mortuary nhasi kuseni. Menard Gotora ane makore 60 amutsa Aaron Jakwi (26) na Givemore Chaluka (22) avo vanga vakarara nguva dzebasa, vaviri ava ma sercurity guards pa Chivhu mortuary..................
Majaira kutarisira minana.......

****

Muri kuita noise.
Children: Makasvika tichiita noise zivai zvamakafambira.

****

Hurombo hunoita kuti vanhu vangokuona sekuti you can't own even a thing. Chero zvinhu zvako zvinogona kutonzi ndezveumwewo munhu. Unotonzwa wakutonzi urikufamba nedza Adam wotoshaya kuti ko hadzisi dzako here.

****

Mwana muclass: "Sir, Ko tika mixer Omo ne Surf washing powder panoita furo here?"
Teacher: "Ehe panoita furo. Handidi kubvunzwa zvisina basa kuseni so".   Mwana achizevezera munzeve dze classmate yake .." What a stupid answer. Panoita furo sei isu tisati taisa mvura. Tichafoira gore rino."

****

Wakambogara here ne team inenge ichirova mbanje?
Panoita 30 minutes pakanzi ziii then after 45 minutes unozonzwa mumwe achiti haa nyaya yako ndirikuinzwa wangu pane point yako ndapabata
Ndachibata pa coner ne boiz repa coner

MaZimbabweans mune problem yekuti unonyatsoona kuti zvandiri kuverenga izvi zvakachekwa asi unoramba uchiverenga bedzi. Izvezvi urikuramba uchiverenga, hubenzi hwerudziiko irworwu. Ini ndatokutadzai!

****

Hahahaha wife akazowanza chataiti chibharanzi
1/11, 08:45] **Elly:** Sweetie message yangu haina kusvika here
[1/11, 08:46] **Judah:** Yawati unoda mari yekugadzirwa musoro here
[1/11, 08:46] **Elly:** Ehe
[1/11, 08:48] **Judah:** Haina kusvika hakuna network

****

Wakambopa mukadzi phone otsvaga oshaya mhosva after 30 mins obva ati alarm iyi makaiisa muchida kuenda kupi?

****

Problem inotanga paunodamwa ku meeting mu lounge, mdara wako achinyepedzera kuverenga newspaper, momz vako vakatarisa pasi votanga kuti "mwanangu basa rinowanikwa uripane rimwe basa" hahaha panenge pashata. Ukangobwaira ipapo unotonzwa kwakunzi "babamunini Shadreck vakuwanira basa ku security company vachauya kuzokutora mangwana makuseni" Hahaha zvatopera game over watove mahobho rimwe basa unotozoriwana after ma elections

****

Nyaya iyoyi irikutonetsa izvezvi. A girl who was 6 years old akarota sisi vake vaita accident pasina mazuva ndokubva zvaitika. After 2 weeks later akarota hanzvadzi yake yafa, 2 days later ndokubva vafa. Saka mhuri iyi yanga yakuziva kuti mwana airota zvinhu zvinoitika and aitorotawo zvinoitika zvedi. Papfuura mwedzi mwana akaenda kunababa namai ndokubva avaudza kuti ndarota baba vafa na3 mangwana masikati. Mhuri yakaswera ichichema kuti baba vakufa. 1pm masikati baba ndokubva vagova zvinhu. 2 pm mhuri yakachema kekupedzesera. 2.30 pm baba vakatanga kuraira. Ten to 3 pakaitwa prayer yekuperekedza. A minute to 3 pakaitwa a minute of silence vamirira baba kuti vachifa. 3 pm axacly baba vepanext door vakabva vafa. Ini handichaziva kuti baba vemwana uyu ndevapi apa. Ndibatsireiwo.

****

Chirungu chakaoma vakomana. Vamwe bhudhi vaitengesa maVegetables kuMbare. So murungu akasvika ne$50 yakabatana apa bhudhi vainge vasina change, vachibva vati:
Bhudhi: Your money is together sir
Murungu: What?
Bhudhi: Your money is meeting
Murungu: I do not understand
Bhudhi: Money is mixed
Murungu: I can't get you
Bhudhi: Your money is in a relationship
Murungu: Come again my friend
Bhudhi: Money is joined
Murungu: Pliz explain
Bhudhi: Money is one
Murungu: I beg your pardon

Bhudhi: $5 is here, $10 is here, $20 is here
(*achinongedzera $50*) akati They're a team, Your money is
United.
Ichi chanyanya.
Nyangwe mabasa kusina ngatingodzidza for the sake of
communication.

****

MUKWASHA: haa amai mombe iyi ńdinoisunga ini.
AMAI: ayewa mkwasha haitodi ḳuona munhu mombe iyi.
MUKWÀSHA: haiwa ana tsano makwara ayo vanongoziva
mbanje çhete donditambidzei chishamhu icho ndikabàte
kamabhuru kenyu aka. Ndakabata Ñyati ini amai. Tarisai
muońe źvakazoitwa mukwasha uya pavideo iyo
Kwaaaaks

****

Unotonzwa munhu achiti ndine mwana msango wototadza
kuziva kuti aidanana nemhuka ipi apa;*
Tisadaroo weduwee_*

****

PaFio manje......
Muface akapinda mubarber shop nekamupfana. Akagara
ndokubva agerwa. Apera akaudza barber kuti asare achigera
kamupfana kake iye achinotenga newspaper. Barber akasara
ndokupedza kugera kamupfana kaye asi blaz vaya havana
kudzoka. Akambomupa tym asi haana kudzoka.
Akazobvunza kamupfana kaya, "iwe mupfana, mukoma
wako aendepi?" kamupfana kaya kakati, "ini handimuzive.
Ndangosangana naye akati mupfanha handei tinogerwa
mahara...."

WIFE: maswera sei

MAN: taswera

WIFE: kwanga kuri sei kubasa

MAN: kwanga kwakaoma vamwe vose,vafa, mumugodhi ndangosara ndini chete

WIFE: inga zvakaoma, chii chaitika

MAN: tanga tichishanda tiri mumugodhi ndokubva, ndangoti regai ndimboinda, kutoilet ndokubva, ndabuda pakudzoka ndawana vamwe vose vatsikirirwa,vafa

WIFE: hey zvakaoma saka vadii

MAN: varungu vati vachaprovida zvose zvinodiwa parufu ...vakadzi vacho vapiwa 10 000 US + imba umwe noumwe

WIFE: haa saka imi manga mobudirei....Shuwa murume mukuru kuendera kubasa kuswerera kuToilet ndozvamunogona chete.
Ummmm

****

Teacher: Dee unemakore mangani?

Dee: Handizive, asi makore angu ihalf yeaMama vangu.

Teacher: Ko Mama vako vane makore mangani?

Dee: Handizive asi chandoziva Mama vakasiiwa naBaba ne5yrs

Teacher: Ko baba vako vane makore mangani?

Dee: Handizive, but makore edu tese tikamabatanidza anobuditsa 100.

Question

(1)Baba vane makore mangani?

(2) Mai vane mangani?

(3) Dee ane mangani?

Nhasi madofo ndomabata Z W Z W Z W
Iyi ndikuda answer not kkkkkkk!

Quote of the Day
Kubuda mu group zvakafanana nemunhu adzika kombi, hapana anomboita basa newe.

****

Ndinoshamiswa nevakadzi ....akanzi pastor or prophet wenyu ane girlfriend vanomurambira chaizvo zvekutadza kuwirirana zvachose asi kungonzi mrume wako ane girlfrend anozvibvuma mumba imomo hamudyiwe rinopisa day iroro.

****

Apa panga pakaipa hiiiiiiwe!!
Gogo vakakwira kombi ndokuvhara door zvikanzi na hwindi, "kurovera door kudaro? Ndozvamunoita fridge yenyu kumba here izvozvo?" Gogo vakapindura, "handisati ndamboivhara ndirimukati"
Gogo vakatarisa watch yavo ndokuti, "driver mhanya ndanonoka" hwindi ndokuti, "akamhanya anodriver ndiani?"
Vatifambei hwindi akbvunza "ko chitsapo chabhadhara here ichi"? Gogo vakapindura, "kuti chinoshanda here?" Gogo ndokuti, "ko bhazi imarii"? Hwindi akaseka akati, "muchembere, hatitengese mabhazi". Gogo vakatambidza hwindi mari iye ndokuti, "aaah, mari yamandipa yakabvarukaka iyi?" Gogo vakagegedzera ndokuti, "asi urikuda kuipfeka here"* kekekekekekekekeke

****

MAN : its over shaa
BABE : Aaah Babe, nekwatabva tiri tose?
MAN : Yah Tasvika

Kana uchingori muZimbabwean chete wakare haushai
zvako 5 zvawaka sangana nazvo

1 Kuzora mafuta pamusoro peshena
2 Kukwira mumuti uchizunza uchiti ibhazi .
3 Kuchemera kuenda nevaenzi
4 Kupfeka pro sport or grasshopper
5 Kutumwa kotenga chingwa wotenga sliced bread wotora
2 slice
dzepakati wodya
6 Kusunga uswa munzira kuti vanhu vadonhe
6 Kugadzira bhora remapepa woisa dombo pakati woti uyai
titambe
bhora kuvapfanha
7 Mahumbwe
8 Kuona Tv black n white panext
9 Kuenda kuchikoro waisa chikafu mu1kg yesugar
10 Kuba maavocado nenzimbe kumba kwenyu zviriko
11 Kuimba ishe komborerayi Africa
12 Kutamba song Ndochi
13 Kuenda kotamba radio panext usina kugeza
14 Kunyorera tsamba musikana yotsakarira muhomwe
kana
kuiwachira
15 Kuenda koraura nezviwedzo zvewaya tyaini yesaga
rakakoswa
16 Kuenda pagrowth point rekeni dzirimuhuro bhurugwa
rakarembera nematombo erekeni
17 kuenda xool wakabata shangu uchimhanyira kunotamba
bhora before xool
18 kuramba nebhora kna team yako yadyiwa zuva rodoka
19 kuenda kuxool wakapfeka sandaki reBata
20 kuenda kuxool nemangai mu2 kg hullets brown sugar

Vanhu ve Harare ka system kenyu kekuuya musi wa 24 December kumusha ne 5kg ye rice 2l cooking oil ne 2kg sugar modzokera musi wa 27 ne 50 kg ye chibage, bhagidi re nzungu, beans ne huku mbiri is a thing of the past. Takasara tichi adder, maths dzacho hadzisi ku balancer

Ukaroora mukadzi wako ane usimbe asi ari shasha pabonde, hama dzinoedza kupopota dzichikuudza zveusimbe hwake. Vamwe vanoti murambe, vamwe vanoti chino nechino asi iwe kuti zvinogumiparurimi. Unoguma wongoti " kungoti chete hamumuzivi!"

Wotonzwa munhu achiti hauna kupedza chikoro ko ndini ndaichivaka here

Mface wako obvaakuti hande tinogocha muchingosvika obva aburitsa miguri 5 yechibage tingati ari wrong?

Ndiri kumbogaya kuti dai ndiri shiri zvangu ndimbobhururukira pamusoro pevanhu coz pane vanhu vandinoda kudonhdezera matoto vakawanda. Chinyowani ichi

This festive season please be safe, remember 23% of accidents are caused by alcohol consumption. Meaning 77% are caused by vanhu vanenge vanwa *MVURA* tea,coffee,minute maid, KOKORA etc. Ndovanhu vari dangerous ivavo muvangwarire.

Iyo nyaya yenyu yekungofunga kuti munhu wese anoziva
bhora
Tindo: Mkomana wadii
Jussy: Bho ukuita sei
Tindo: Haaa low low wangu ko paweekend tine chii ko
Jussy: Tine Saturday neSunday.

****

Ndakasiya doro mukandiona ndichinwa kuto celebrater
kusiya kwandakaita.

****

Longest Shona words*
Mugozonyatsotitsanangurirawozve

Mugozonyatsondikwenenzvererawozveka.

****

RELIGIOUS AND INSPIRATIONAL

One who loves till her eyes close, is a *Mother*.
One who loves without an expression in the eyes, is a *Father*.

____

Mother - Introduces you to the world.
Father - Introduces the world to you.

____

Mother : Gives you life
Father   : Gives you living

____

Mother : Makes sure you are not starving.
Father : Makes sure you know the value of starving

____

Mother : Personifies Care
Father: Personifies Responsibility

____

Mother : Protects you from a fall
Father : Teaches you to get up from a fall.

____

Mother : Teaches you walking.
Father : Teaches you walk of life

____

Mother : Teaches from her own experiences.
Father : Teaches you to learn from your own experiences.

____

Mother : Reflects Ideology
Father : Reflects Reality

____

Mother's love is known to you since birth.
Father's love is known when you become a Father.

____

🙏 Dedicated to all parents.

A lady went to the Priest and said... I won't be attending Church anymore..

He said, may I ask why??
She said, I see people on their cell phones during service, some are gossiping, some just ain't living right, they are all just hypocrites...

The Priest got silent, and he said, OK... But can I ask you to do something for me before you make your final decision?
She said, what's that?

He said, take a glass of water and walk around the Church 2 times and don't let any water fall out the glass.

She said, yes I can do that. She came back and said it's done.

He asked her 3 questions. 1. Did you see anybody on their phone? 2. Did you see anybody gossiping? 3. Was anybody living wrong?

See, I didn't see anything because I was too focused on this glass, so the water wouldn't fall.
 He told her, when you come to Church , you should be just that focused on God , so that YOU don't fall.

THAT'S WHY JESUS SAID "FOLLOW ME.".

He did not say follow Christians.

WORDS OF ELDERS

1. "Beware of the naked person who offers you clothes!
2. "When one's goat get missing, the aroma of a neighbor's soup get suspicious".
3. "The future belongs to the Risk takers, Not the Comfort seekers!"
4. "A deaf husband and a blind wife are always a happy couple!"
5. "The first person you think of in the morning, or last person you think of at night, is either the cause of your happiness or your pain!"
6. "Be careful who you trust! Salt and Sugar are both white!"
7. "Kindness is like butter, it works best when you spread it around!"
8. "The walls don't only have ears, they now see!"
9. "Sometimes, you have to play the role of a fool to fool the fools who think they are fooling you!"
10. "If you have a mom, there is nowhere you are likely to go where a prayer has not already been!"
11. "A harsh man tells a woman to stop talking, but a wise man tells her that her mouth is extremely beautiful, when her lips are closed!"
12. "No matter how long the night, the day is sure to come!"
13. "A woman's greatest perfume is the fragrance of her man's success!"
14. "A wise person knows that there is something to be learned from everyone!"
15. "It requires wisdom to understand wisdom.
16. The music is nothing, if the audience is deaf"!
17. "None of us is as smart as all of us. Work together to achieve!!!

This is one of the best set of advices I have ever read.

1. Take risks in your life. If you win, you can lead; if you lose, you can guide.
2. People are not what they say but what they do; so judge them not from their words but from their actions.
3. When someone hurts you, don't feel bad because it's a law of nature that the tree that bears the sweetest fruits gets maximum number of stones.
4. Take whatever you can from your life because when life starts taking from you, it takes even your last breath.
5. In this world, people will always throw stones on the path of your success. It depends on what you make from them - a wall or a bridge.
6. Challenges make life interesting; overcoming them make life meaningful.
7. There is no joy in victory without running the risk of defeat.
8. A path without obstacles leads nowhere.
9. Past is a nice place to visit but certainly not a good place to stay.
10. You can't have a better tomorrow if you are thinking about yesterday all the time.
11. If what you did yesterday still looks big to you, then you haven't done much today.
12. If you don't build your dreams, someone else will hire you to build theirs.
13. If you don't climb the mountain; you can't view the plain.
14. Don't leave it idle - use your brain.
15. You are not paid for having brain, you are only rewarded for using it intelligently.
16. It is not what you don't have that limits you; it is what you have but don't know how to use.

17. What you fail to learn might teach you a lesson.
18. The difference between a corrupt person and an honest person is: The corrupt person has a price while the honest person has a value.
19. If you succeed in cheating someone, don't think that the person is a fool...... Realize that the person trusted you much more than you deserved.
20. Honesty is an expensive gift; don't expect it from cheap people.

When we die, our money remains in the bank...
Yet, when we are alive, we don't have enough money to spend.
In reality, when we are gone, there is still a lot of money not spent.
One business tycoon in China passed away. His widow, was left with $1.9 billion in the bank, and married his chauffeur.
His chauffeur said:-
"All the while, I thought I was working for my boss... it is only now, that I realise that my boss was all the time, working for me !!!"
The cruel reality is:
It is more important to live longer than to have more wealth. So, we must strive to have a strong and healthy body, It really doesn't matter who is working for who.
In a high end hand phone, 70% of the functions are useless!
For an expensive car, 70% of the speed and gadgets are not needed.
If you own a luxurious villa or mansion, 70% of the space is usually not used or occupied.
How about your wardrobes of clothes?

70% of them are not worn!
A whole life of work and earning...
70% is for other people to spend.

So, we must protect and make full use of our 30%.

Go for medical check-ups even if not sick.
Drink more water, even if not thirsty.
Learn to let go, even if faced with grave   problems.
Endeavour to give in, even if you are in the right.
Remain humble, even if you are very rich and powerful.
learn to be contented, even if you are not rich.
Exercise your mind and body, even if you are very busy.
Make time for people you care about

Please   Forward
This To
Everyone
Whom You Care about
I JUST DID!

If you can't be a bridge to connect people, then don't be a wall to separate them. If you can't be a light to brighten people's good deeds then don't be darkness covering their efforts. If you can't be water to help people's crops sprout, then don't be a pest destroying their crops. If you can't be a vaccine to give life, don't be a virus to terminate it. If you can't be a pencil to write anyone's happiness, then try to be a nice eraser to remove their sadness.
Good morning

*Thought for the day: "Once you sow a seed into the ground, you must leave the soil to do its job. If you keep digging to check if it's growing, it will not germinate.

Many people pray about something yet they keep worrying about it. It means they never release the problem to God. For germination to take place, the seed must stay/ in the soil. For faith to work, your heart must sit down (relax) and let the law of faith do its job." "Be still and know that I am God." Ps 46:10. Have a good morning*

I found this analogy interesting...made me really think this morning.
You are holding a cup of coffee when someone comes along and bumps into you or shakes your arm, making you spill your coffee everywhere.
Why did you spill the coffee?
"Well because someone bumped into me, of course!"
Wrong answer.
You spilled the coffee because there was _coffee_ in your cup.
Had there been tea in the cup, you would have spilled _tea_.
Whatever is inside the cup, is what will spill out.
Therefore, when life comes along and shakes you (which WILL happen), whatever is inside you will come out. _It's easy to fake it, until you get rattled._
So we have to ask ourselves... _"what's in my cup?"_
When life gets tough, what spills over?
Joy, gratefulness, peace and humility?
Or anger, bitterness, harsh words and reactions?
You choose!